O MAPA DA REPÚBLICA

O MAPA DA REPÚBLICA

Susana Vernieri

ILUSTRAÇÕES
Pena Cabreira

Libretos

Porto Alegre, 2019

© Susana Vernieri, 2019
Direitos desta edição pertencem à Libretos Editora.

Edição e design | Clô Barcellos

Produção executiva | Libretos

Ilustração | Pena Cabreira

Revisão | Célio Klein

Dados Internacionais de Catalogação na Publicação:
Bibliotecária Daiane Schramm – CRB-10/1881

V536m	Vernieri, Susana
	O Mapa da República. / Susana Vernieri, ilustrações de Pena Cabreira. - Porto Alegre: Libretos, 2019.
	68p.; il.: 12,5x20cm.
	ISBN 978-85-5549-043-9
	1. Literatura-Narrativa. 2. Crônica. 3. Porto Alegre. I. Cabreira, Pena; il. II. Título
	CDD 800

Libretos
Rua Peri Machado, 222 B 707
CEP 90130-130
Porto Alegre/RS – Brasil
www.libretos.com.br
libretos@libretos.com.br

Tudo o que nós nascemos,
crescemos, cantamos, amamos,
dançamos, respiramos, comemos, passa
pelas ruas de Villa-Lobos. Pelas ruas
de Villa-Lobos passa o passo do nosso
desafinado, atormentado Brasil.
Todo mundo passa.

Murilo Mendes
Retratos-relâmpago

**Entre a escuridão
e a luz não há meio-tom**

Em memória da sensacional
Therezinha, minha mãe

Para meus amigos da Cidade Baixa

MESAS E MEMÓRIAS 11
Capítulo I

GUERRA! 21
Capítulo II

INVERNO 29
Capítulo III

PRIMAVERA 35
Capítulo IV

VERÃO 41
Capítulo V

HISTÓRIAS 47
Capítulo VI

DESPEDIDA 61
Capítulo VII

PALAVRAS PARTIDAS 65
Capítulo VIII

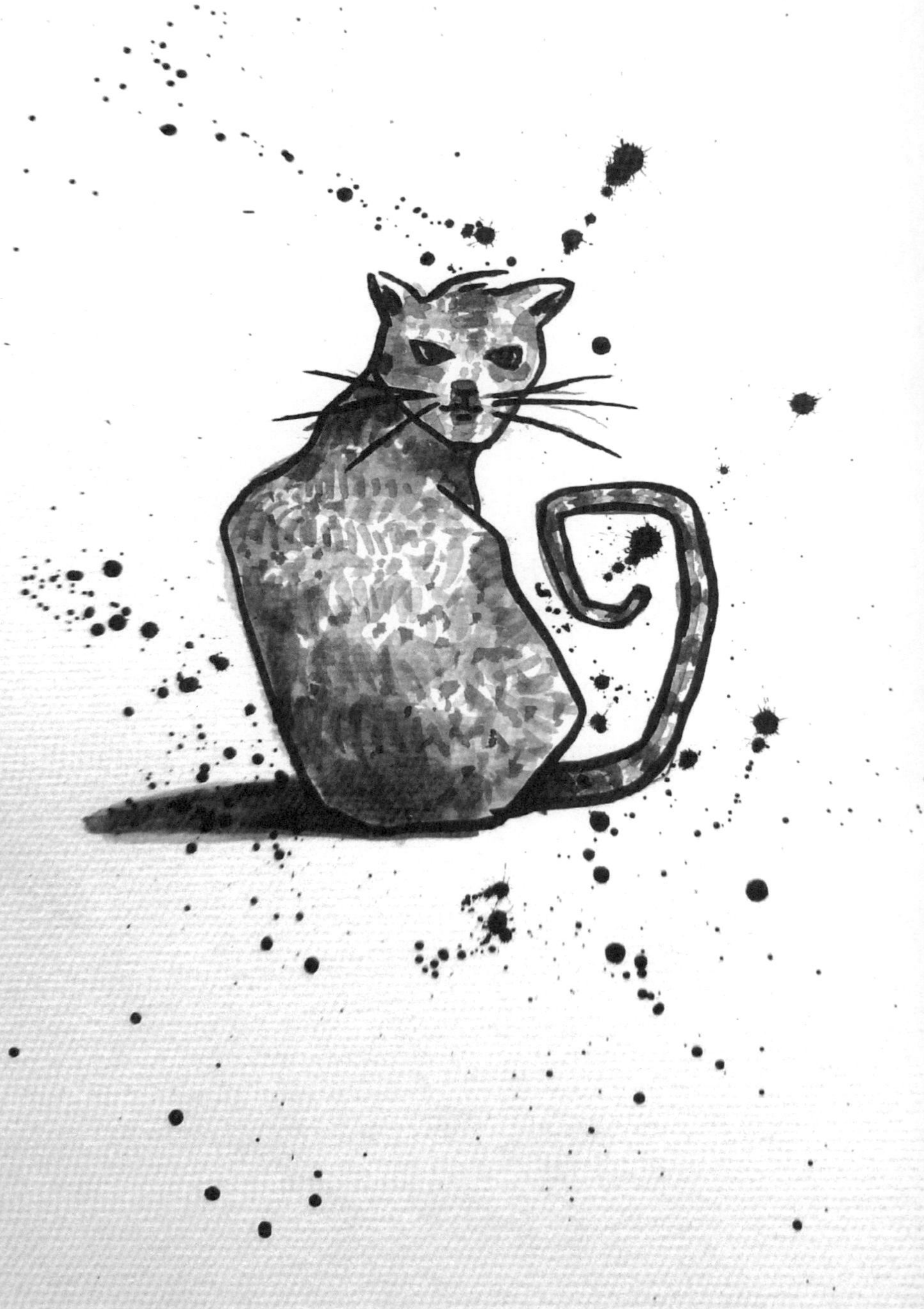

MESAS E MEMÓRIAS
Capítulo I

*A memória é material
e quando vira pó
se transforma em silêncio*

Gatos têm olhos profundos como um espelho. Pedem pouco e acabam fazendo parte da família de uma maneira silenciosa. Movimentam-se como se pisassem em nuvens e caçam desde borboletas até traças. São mínimos e máximos. Quando no cio, anunciam para todos. Quando doentes, ficam num estado de silêncio que qualquer um ouve. Quando os donos não estão bem, recolhem-se, quietos. Gatos são antigos, são egípcios e têm rabo.

Tiba, a gata, chegou para Rosa com cerca de dois meses. Havia sido encontrada numa ninhada abandonada em um terreno baldio atrás de uma imobiliária. Defendia seus irmãos com unhas e dentes, e era só isso que se sabia sobre ela. Não tinha pedigree, sua data de nascimento era uma incógnita e nem se imaginava quem a tinha gerado. Seu destino de vira-lata foi transformado por uma das empregadas da empresa, que fazia faxina na casa da menina e chegou com a gata pedindo um abrigo. Era braba desde pequena e Rosa estava com dez anos. Os pais acharam que era hora de um brinquedo de carne e osso para a filha única e adotaram o bicho.

A atração jamais virou um bibelô, mas um animal impossível de ser adestrado. Não deixava ninguém cortar suas unhas, não ia para a clínica tomar banho e mordidas nas canelas de seus donos eram uma rotina quando desejava comida ou água. Não concebia outra linguagem para se comunicar: arranhões nas pernas de quem a servia eram suas palavras. Tiba, ao contrário de sua raça, era um tanto exigente, ou melhor, intransigente. A gata achava que tinha uma irmã gêmea. Mas não tinha. Ela ficava era olhando e miando e pulando em frente a um espelho grande que ficava na porta do guarda-roupa da sua dona. A gata era sozinha no apartamento, mas achava que não era.

Pula pra cá, pula pra lá, a bichana foi crescendo. Sempre crente que tinha uma mana crescendo junto. Só achava estranho não ter que dividir a comida nem a água com ninguém. Engordava a olhos vistos.

A história de Rosa, a dona de Tiba, por sua vez, começa com o inusitado da escolha de seu nome. Veio do amor de seus progenitores. O pai dava rosas vermelhas para a mãe todo sábado. Era o dia em que os dois saíam para jantar fora. A ideia do nome foi da mãe, numa maneira de retribuir com uma flor de gente os mimos que sempre recebia toda semana.

Rosa cresceu feroz e mimada. Os pais não sabiam o que fazer para agradar à filha. Tinha uma conduta que poderia ser considerada perversa. Matava as formigas com o dedo indicador sem piedade. Às que carregavam folhas grandes, ela colocava obstáculos para que se cansassem mais no caminho de volta ao formigueiro.

Foi crescendo selvagem, com limites impostos, mas nunca respeitados. Tiba cresceu junto com Rosa e não foi adestrada totalmente. No dia em que morreu a gata, a agora rapariga que desabrochava entrou mais ou menos nos eixos e virou observadora das pessoas e suas histórias. Tinha vinte e três anos e vivia na Cidade Baixa. Estudava Biologia e trabalhava como garçonete em um barzinho com mesas na calçada que ficava na República.

Já não era tão jovem, afinal, havia perdido uma amiga. Tiba foi-se num sábado ensolarado e naquele dia Rosa não foi trabalhar. Não serviu as mesas repletas de apreciadores de cerveja e conversa fiada. Deixou o dia e a noite para ficar mais mansa e, com seus pais, despedir-se da gata. Decidiram não ter mais bichos. Afinal, Rosa, a menina, já estava crescida e Tiba foi única na sua infância rebelde.

Aos vinte e três anos, tinha vários amigos e conhecidos. Seu mundo era rico. Havia os colegas da faculdade e, mais do que tudo, a fauna que frequentava a rua boêmia. Os estudos não eram lá seu forte, não tinha certeza se seguiria a profissão. Ainda assim, estava se formando. Não sabia, na verdade, o que queria. Flanava por entre copos e batatas fritas expostos por ela na calçada e batia rápidos papos com os que sentavam entre garrafas e discorriam meias verdades. Queria divertir-se e sonhava em ser famosa. Via filmes com sofreguidão e tudo era cinema. Não lia muitos livros, mas era frequentadora de sites com frases de gente erudita. Citava Clarice, no Facebook, como se já tivera lido toda sua obra. Caio, então, era seu íntimo.

Todo mundo da turma de Rosa curtia e todos eram mais ou menos engajados em causas sociais. Verde, bicicleta, comida orgânica eram alguns dos picos do momento. Tinha tido vários namorados, mas, no meio da relação, pintava uma desbotada. Ou seja, cansava do cara logo depois do primeiro ou do segundo sexo. Ainda não se preocupava com esta inconstância. Queria mesmo era aproveitar.

Numa noite, ouviu a seguinte história de um cliente do bar:

– Soltei pandorga na Ilhota com meu pai. A Erico Verissimo, naquela época em que a pipa driblava os eucaliptos onde hoje é uma praça, não existia. O que havia ali era a Escola de Samba Relâmpago e ao lado o CTG 35 em rua não calçada.

A figura, um homem de seus recém-cinquenta anos, jogou taco no meio da Rua Lobo da Costa debaixo dos cinamomos. Ele, naquela noite, disse não ser velho nem muito menos novo. Ter a exata idade daqueles que já têm histórias para contar, e no seu acervo de Cidade Baixa guardava as necessárias imagens para uma breve crônica.

Muitas dessas cenas vieram de dois cinemas: o ABC e o Avenida. O primeiro tinha sua sessão da meia-noite, e onde sentar na primeira fila era, por incrível que pareça, o melhor lugar. O fôlego dos vinte e poucos anos era tanto que até de perna quebrada foi assistir a *Betty Blue* para não perder um programa recheado de muita paquera. O lugar era também pleno de muitos insetos indesejáveis, pois o apelido do local era pulgueiro.

Na sala que ficava na esquina da Venâncio com a João Pessoa, e onde agora é uma faculdade e, antes, abandonado, servia para alugar para políticos em época de eleições, viu, pela primeira vez, nos idos de 80 e tantos, *Totalmente Selvagem*, de Jonathan Demme. A estreia do filme era uma das muitas que movimentaram Porto Alegre durante a Mostra Internacional de Cinema daquele ano.

Muito celuloide rolou nos projetores daqueles dois cinemas. As imagens ficaram na retina dos frequentadores das poltronas das salas escuras. *Império dos Sentidos*, um filme erótico japonês, ficou meses em cartaz no Avenida, levantando discussões acaloradas sobre a diferença entre sexo e amor. *Hair* foi visto no ABC e lá também assistiu à cópia do *Rocky Horror Show*, sendo projetada à meia-noite e com a plateia repetindo tudo que acontecia na tela, da mesma maneira como se fazia nos cinemas norte-americanos. Entre saudoso e crítico, o cara explicava-se:

– Hoje não existem os dois cinemas da Cidade Baixa de calçada para ir. Gosto dos bares. Deles desfruto o movimento do bailado das pernas que passam. Ouço histórias, recebo ofertas de um mercado ambulante multicor. Sento às mesas e sou eu o diretor de um filme infinito. A boemia de que meu pai fabulava vivo agora, como numa justa homenagem a ele, que me contava da peregrinação de Lupicínio Rodrigues com seu burrico pela Ilhota. Durante o dia, no bairro, vejo a rotina das crianças e nelas espelho o menino que fui e que soltava pandorgas. Penso em imagens e as antigas misturam-se com as recentes numa festa democrática. Cinema e bairro são cosmopolitas. A Cidade Baixa é o mundo.

Rosa escutava o cara e não entendia a geografia que ele anunciava num tom nostálgico. Ouvia, enfim, todos os clientes, com suas meias verdades, e pensava num filme sobre a Cidade Baixa. Será que Lupicínio tinha mesmo um burro e andava de bar em bar?

Rosa encerrou a conversa com um: – Legal a tua história, dá um filme sobre filmes. Quer mais alguma coisa?

– Não, obrigado. Estou servido, não aguento mais bebida.

Tentando continuar a conversa com a garçonete, disse que era a última noite dele em Porto Alegre. Tinha vindo de Portugal, onde morava, para o enterro do pai. Que iria dormir, pois o voo sairia no dia seguinte de madrugada. Rosa não deu papo e se virou. O homem foi-se, com um leve cambalear, pagar a conta no balcão.

Outra mesa chamou e a garota preparou-se para receber os pedidos de combos (uma mistura de vodca com energético), Polares, Originais, caipirinhas de morango ou limão. A noite tomou seu habitual rumo e apagou a ideia de filmes e caras melancólicos mais velhos e fora de espaço e tempo.

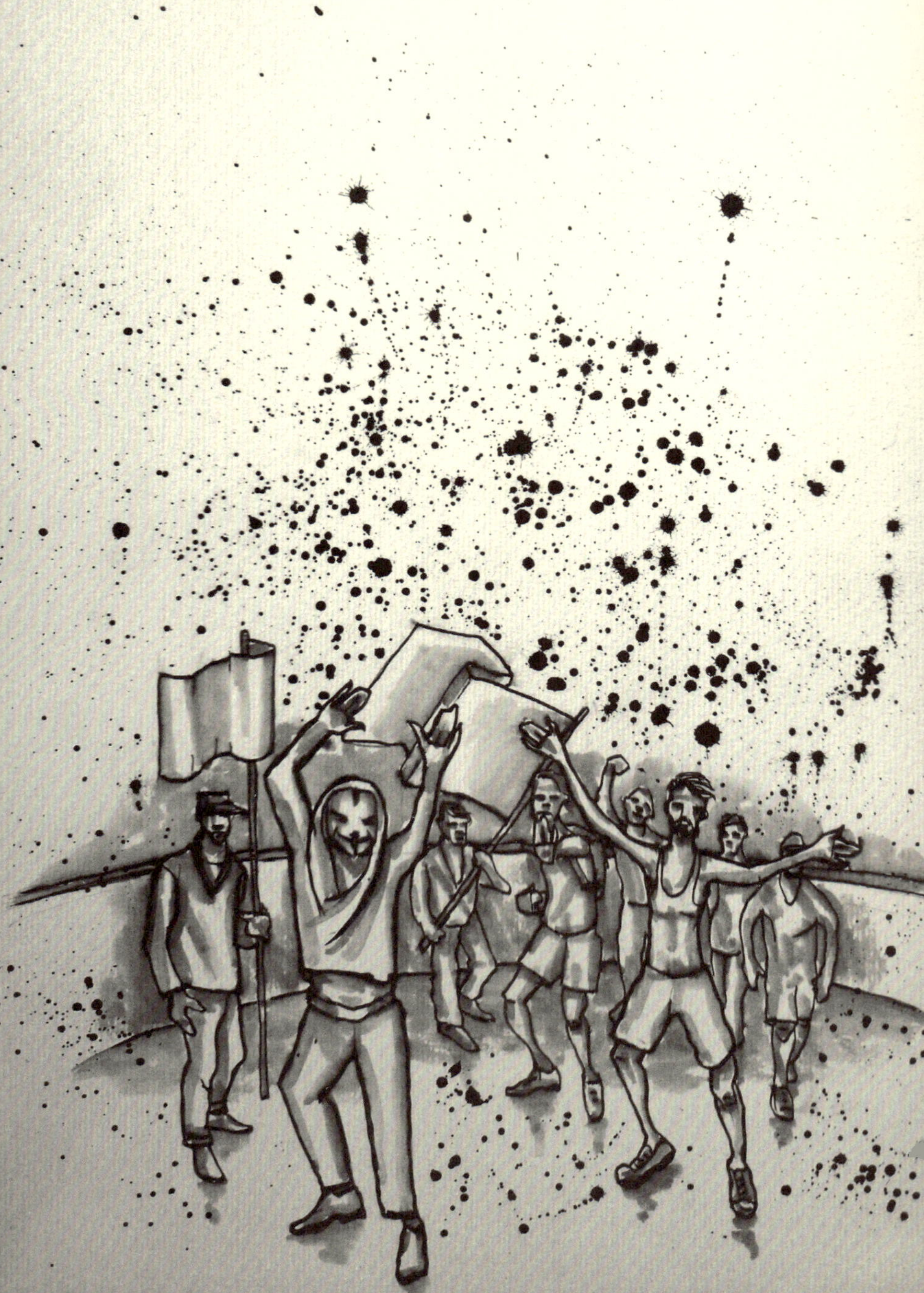

GUERRA!
Capítulo II

**Meu país é a fronteira do verde,
o amarelo do sol, o branco dos lençóis,
o azul da Via Láctea e o preto do grafite**

— Vamos avançar pela Ipiranga até a *Zero Hora* — berravam em megafones de todos os tamanhos os generais de uma guerra iniciada entre bits e bytes e que formava uma rede virtual movimentada por uma massa de anônimos.

Os manifestantes não pertenciam a nenhuma facção específica. Começaram os protestos em frente à Prefeitura de Porto Alegre no início do inverno de 2013 e a palavra de ordem era não deixar aumentar a passagem de ônibus da Capital. A fagulha de poucos gaúchos deu início a um fogaréu nacional que culminou com a morte de um jornalista no centro do Rio de Janeiro atingido por um rojão, nas costas, no início de 2014.

Lojas destruídas, bancos com os caixas eletrônicos quebrados, vitrinas saqueadas, prédios públicos queimados, bombas de gás lacrimogêneo, balas de borracha na multidão. A guerra tomou conta das ruas do país e só foi arrefecida pelo calor do verão e pela morte de um trabalhador da imagem chamado Santiago Ilídio Andrade, que trabalhava na rede Band de televisão.

Black Blocs, Sininhos, mascarados, encapuzados e a turma da paz nem sabiam direito o que queriam. O saldo da movimentação foi gritar por um sistema de educação melhor, saúde melhor, transporte melhor, condenação dos mensaleiros, derrubada da PEC 37, a renúncia do governador do Rio, a derrocada do prefeito de Porto Alegre, que quis derrubar árvores para a passagem de uma rua. Teve até a invasão da Câmara Municipal da capital do Rio Grande do Sul por um grupo de pelados, que colocaram de cabeça para baixo as fotos dos vereadores malqueridos. Outra reivindicação, aos 45 minutos do segundo tempo, foi que a Copa de Futebol de 2014, a Copa do Lula, fosse mandada para o espaço.

A guerra está longe de acabar e é impossível prever o que acontecerá com este país turbinado pela insatisfação de muitos. Entretanto, voltemos para o inverno de 2013 e a batalha da ponte da

Azenha, muitos anos depois de Bento Gonçalves na Revolução Farroupilha. Mais de cem anos após, é novamente o palco de um conflito. Lúcio, barbudo e magro como reza a moda, acaba de perder-se de seus amigos na esquina da João Pessoa com a Ipiranga e a tropa de choque avança em direção à multidão vinda da esquina da Ipiranga com a Erico Verissimo, protegendo o prédio do jornal *Zero Hora*.

Lúcio nem sabe direito o que está fazendo ali. Foi levado pela onda da turma e prepara-se para enfrentar a chuva fina e fria e o gás. Uma fumaça úmida entra por todos os poros do cara de 25 anos e ele começa a arrepender-se de ter deixado de lado um passeio com seu skate e uma ceva na Cidade Baixa com sua turma. Chora, a garganta está arranhada, não enxerga nada. Um pano molhado ajuda-o a amenizar os efeitos do gás, mas não resolve muito. A multidão acaba recuando e, como saldo, uma série de lojas de carros saqueadas na Azenha recebe as marcas da batalha e muitas lágrimas dos que protestavam.

O rapaz é *storyboarder* de uma pequena empresa que faz filmes publicitários. Vive de bermudas e tênis All-Star. Algumas vezes usa boné. Tem tatuagens no braço e na perna. São tribais, isto é, não dizem nada de específico, só colorem em preto e branco seu corpo quase esquálido. Alimenta-se mal, ganha pouco e quem cobre suas despesas é a mãe viúva e advogada. Mora com mais dois companheiros de faculdade. Estuda Publicidade na UFRGS. Não é burro, mas vive no mundo da lua.

– Bah, mano, que perrenha – comenta o estudante num bar da Cidade Baixa, um dia depois da luta na Azenha. O ouvinte só concorda com a cabeça e diz que vai embora com sua bicicleta para casa, pois tem que acordar cedo no outro dia. Também estava com Lúcio e outros cinco no entrave.

– Toma mais uma, só trabalho às dez horas, Fabrício.

– Tô quebrado, cara, mas vamos lá. Mais uma ampola não vai fazer muita diferença.

– Sabe do que, preciso arrumar uma gata. Não aguento mais o atraso. Já prestaste atenção na Rosinha?

– Já e já cafunguei ali.

– Que tal?

– Difícil. É manhosa. E meio cheia.

– Vou chamar para pedir outra e tu puxa assunto.

Rosa estava entretida com duas bichas que planejavam a noite depois que o bar fechasse.

Queriam dançar, mas não sabiam onde. Estavam em dúvida se iriam ao Ocidente ou ao Venezianos. Ela tagarelava com eles analisando quais as vantagens de um ou outro lugar. Queriam música eletrônica. Não decidiam nada e divertiam-se em falar mal dos dois lugares e de como Porto Alegre era carente de boas baladas. Viu Fabrício e Lúcio pedirem outra cerveja e se fez de rogada. Não queria ver o da bicicleta, pois a noite com ele tinha sido um desastre. Estava com nojo do cara. Os dois rapazes insistiram e não havia mais o que fazer senão servi-los. Num segundo, decidiu que levaria uma cerveja quente para eles.

– E aí, Rosa, tudo bem? – perguntou Fabrício.
– Estava, o que mandam? Não era o Moreno quem servia vocês?
– Era, mas nós queríamos te ver mais de perto.
– Oi, Rosa, vou te dar uma flor para combinar com teu nome – cantou Lúcio.
– Essa foi péssima – retrucou a garota e mandou eles desembucharem o que queriam.
– Uma Polar e bem gelada.

Rosa piscou o olho para eles, deu uma rabanada e saiu rebolando em busca de uma Polar preparada. Lúcio ficou olhando fixamente o objeto de desejo ir-se como se com a visão pudesse congelá-la perto de si. O skatista previa outra batalha perdida. A rua em chamas e a gata fria não pareciam ser dele naquele momento e, quiçá, em momento algum. Rosa trouxe a Polar morna e eles entenderam que deveriam ir embora.

– Acho que vou fazer uma história em quadrinhos sobre batalhas perdidas, mano.

– Pois é. A gente quer fazer uma revolução com paus, pedras e fogo enquanto eles têm um arsenal de ataque e defesa. O máximo que nosso tiroteio com a Rosa resulta é uma cerveja quente.

– O mundo está perdido.

– Nós é que nos perdemos. Boa noite, se é que dá para dizer isto.

– Vai pela sombra e não corre muito com essa bike na madruga.

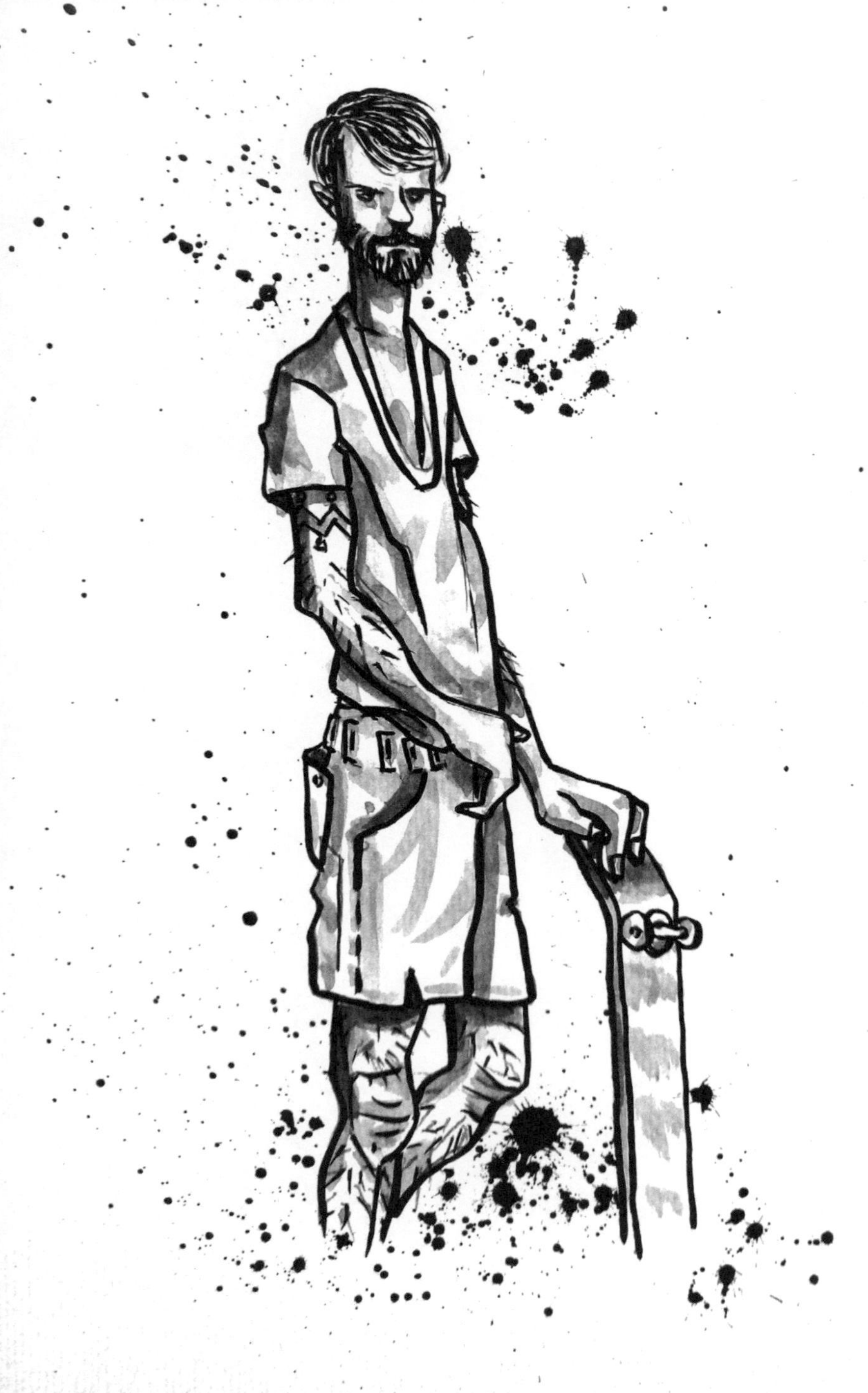

INVERNO
Capítulo III

O Pampa é o hemisfério do infinito

Muito frio, e muita chuva. O inverno de 2013 estava sendo difícil para o bar da República do qual Rosa fazia parte. Complicava ainda mais com as manifestações. Quase todos os dias de julho havia uma concentração no Centro da cidade que acabava descendo a João Pessoa ou a José do Patrocínio e dispersava-se pelas vielas da Cidade Baixa. O rastro de destruição era dantesco. Os moradores acuados, a Brigada, que tinha ordem para não entrar em confronto, e vidros quebrados, lixeiras queimadas, carros amassados, vândalos misturados aos que protestavam pacificamente montavam o quadro da estação.

Biscoito era careca e quase sempre estava de boné. Respondia também por Barão. Mais do que um guardador de carro sindicalizado. Tinha orgulho de vestir o colete preto e amarelo e era um personagem da Cidade Baixa que chamava os seus clientes de rei, rainha, baronesa, princesa. Dizia que tinha construído um castelo na Vila Lupicínio Rodrigues, atrás do Ginásio Tesourinha, mas agora morava numa pensão sabe-se lá onde. A sua área de atuação era a do Van Gogh, espaço da boemia, local que, em 2015, fez aniversário de 50 anos e ficava aberto até tarde.

Muita gente de cinema, de bandas frequentavam o lugar depois de shows. Caetano Veloso, Zezé Motta e a banda mineira Skank estão entre os frequentadores famosos lembrados. Mas há os notívagos incógnitos, bêbados chatos que erram a porta da saída e vão em direção à cozinha.

Barão é o guardião do restaurante e conversa com Jair, o dono, que reflete: – A madrugada requer muito jogo de cintura, e se as cadeiras daqui fossem um pouco mais confortáveis os clientes não deixariam nunca mais o bar. Barão retruca: – Rei, as poltronas só precisavam ser de couro. Me dá um café.

Com espaço para 90 lugares sentados dentro e 100 na rua, o Van Gogh tem na parede réplicas do autorretrato do pintor holandês que é considerado um dos maiores gênios das artes plásticas. Os quadros dão um colorido especial à madeira escura do ambiente, que tem como especialidade as sopas de capelete, de cebola, a canja e os filés.

Jair e seu sócio Cláudio são os terceiros donos. Vieram de Putinga e antes tinham um bar no centro de Porto Alegre. O fundador do Van Gogh ficou com ele 22 anos. Quando é perguntado se gosta do que faz no endereço da República, 14, ou simplesmente República esquina com João Pessoa, um sorriso largo no rosto de Jair responde que ele é um homem da madrugada, um padrinho da boemia.

Rosa costumava beber uma cerveja para desopilar no Van Gogh depois que seu bar fechava. Ia com Moreno, o outro atendente, e Kika, a gerente do lugar pintado de azul por dentro e por fora em que trabalhava na mesma rua do restaurante. Comentavam as atitudes dos clientes da noite e faziam a revista nos namoros de uns e outros. Gays, lésbicas, coxinhas, patrícias e mauricinhos habitavam o local, que fechava por volta da meia-noite.

Eram quatro da manhã de um sábado. Um frio de dez graus, mas não tinha vento. Os três do bar azul, para variar e por causa do gelo do fim de noite, bebiam um vinho tinto. Na hora morta da madrugada, entram no Van Gogh dois conhecidos:

Lúcio e Fabrício. Bêbados e irritados, vão direto na direção de Kika, Moreno e Rosa.

Sem olhar para os que estavam sentados à mesa com os cálices ainda cheios, Lúcio diz com a língua enrolada numa indireta aos conhecidos.

– Esse bar só tem gente babaca, bicha e mulher mal-amada.

– Babaca é tu, bobalhão, que não sabe o que vai fazer pra incomodar. Pega teu skate e some – respondeu Rosa.

Lúcio, com uma rapidez de raposa, pegou o copo cheio de vinho e atirou no rosto de Rosa, que, sem pensar em nada, levantou e saiu atrás do guri de camisa xadrez de lã. Foi uma corrida da garçonete atrás do bêbado que durou pouco, mas fez a turma toda do bar da esquina da João Pessoa com a República ir para a rua ver o espetáculo.

No momento em que Rosa alcançava o cara, depois de correr no encalço dele ao redor de um contêiner de lixo, Lúcio levou um passa-pé de Barão, que ao mesmo tempo gritava: – Eu sou um super-herói, eu sou um super-herói!

Caído no chão e tonto, Lúcio levou um chute de Rosa na bunda e, não satisfeita, a futura bióloga despejou o lixo de um saco que tinha ficado de fora do contêiner, que transbordava de porcarias.

O aplauso da turma que assistia ao evento foi forte. Rosa, com a roupa manchada de vermelho, foi embora para casa de alma limpa.

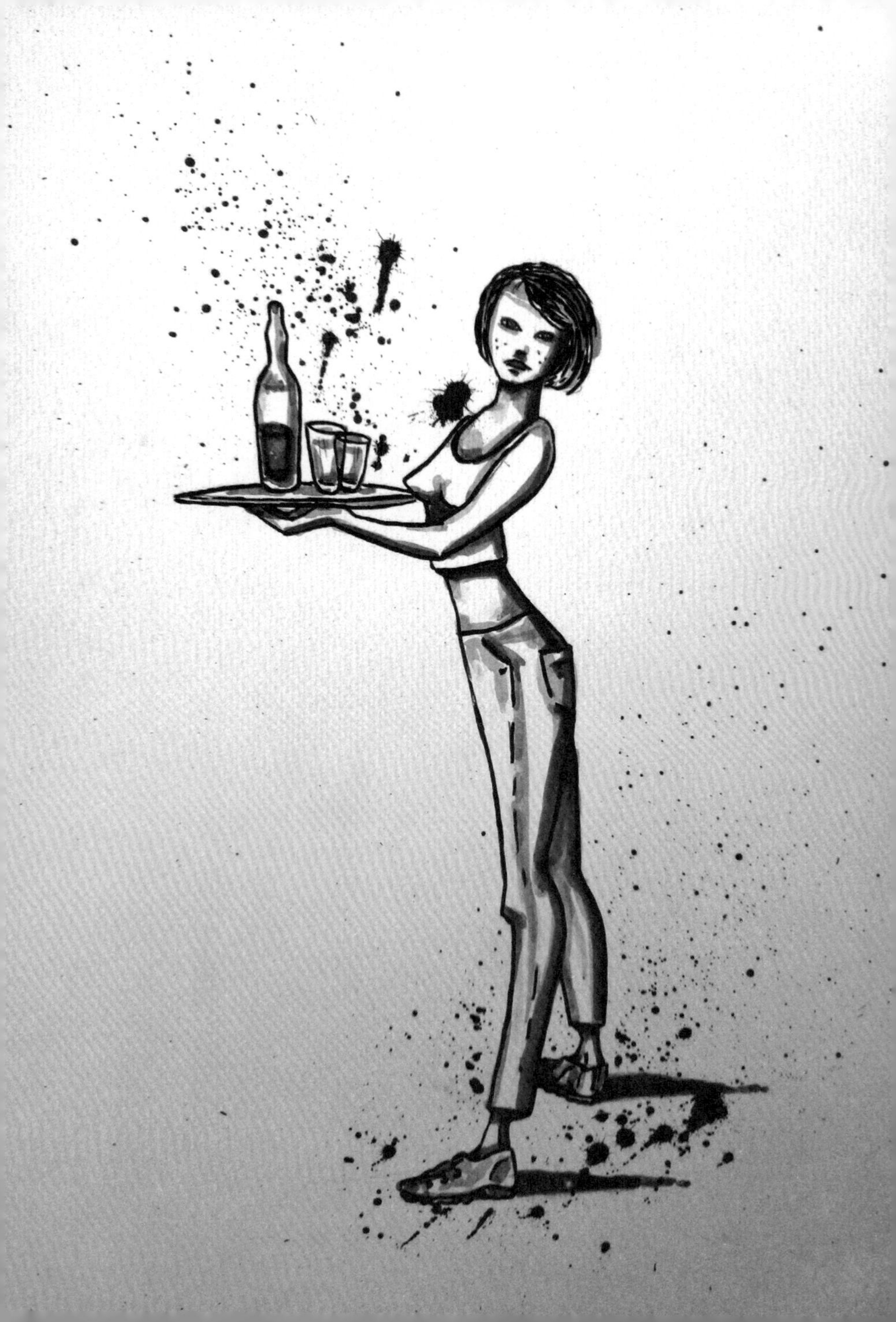

PRIMAVERA
Capítulo IV

A paz é a utopia dos indecisos

O inverno de 2013 tinha passado e deixou cicatrizes nas pessoas, nas ruas, prédios, comércios. A primavera chegou com tempo mais ameno, apesar de as manifestações continuarem. O movimento, que açambarcou muita gente da classe média em seu início, tinha esvaziado-se e seguia agora com muitos radicais que empunhavam bandeiras do PSTU e marginais que queriam vandalizar. A opinião média voltava-se contra eles.

Rosa desabrochava e andava pela República como se pisasse em algodão-doce. Ainda não tinha um amor, mas estava terminando a faculdade e tinha planos de trabalhar na Europa. Só estava esperando que seu passaporte italiano fosse aprovado. Lúcio havia sumido da área. Talvez por vergonha ou por medo. O pessoal do bar azul tinha jurado ele.

A moça descobriu que o costume de caminhar pela Cidade Baixa durante as manhãs era muito bom. Sentia um cheiro de verde nas ruas e via as flores brotando. Os jacarandás da República deitavam-se sobre os paralelepípedos e calçadas, dando trabalho aos garis e proprietários de casas e zeladores de edifícios, que tinham que colher as flores roxas já mortas.

Começou com o costume de tomar café na padaria da rua antes de pegar o ônibus para o Campus do Vale. Comia um farroupilha e bebia uma taça de café com leite no estabelecimento de Carlos. Isso a organizava, dizia. Lia o jornal e algumas vezes encontrava Kika, que havia caído da cama e também fazia seu desjejum no local. A gerente do bar azul era mãe, ia ser avó em dezembro e tinha desistido dos homens. Namorava a dona do bar, Clara, uma morena alta e magérrima que trabalhava na cozinha para não parar a clientela e causar ciúmes na gerente. Kika dizia para Rosa que ela deveria namorar. Sem alguém, não tinha graça. Mas jamais impunha sua escolha sexual.

– Homem, mulher. Tu tens que ter um amor – indicava Kika.

– Eu sinto falta e meu negócio é homem. Um dia quero ter filhos e um pai para os filhos, mas um dia... – decretava Rosa.

— Eu tenho filho e um pai para meu filho. Só que agora sou casada com uma mulher.
— Sabe de uma coisa, ninguém me interessa. Eu fico com esses caras por aí só por prazer e diversão. Dormimos uma ou duas noites e mais nada. No meio disso vamos à balada, nos drogamos, bebemos e só. Não apresento família, amigos próximos nem nada. Quero é fazer vento.
— É, aproveita teu tempo que daqui a pouco a solidão bate e tu vais enlouquecer. Só espero que não seja um Lúcio da vida que seja a boia salva-vidas.
— Deus me livre. Vou lá, Kika, até de noite.
— Te cuida.

A noite depois daquela manhã foi quente e de muito movimento no bar azul. Rosa chegou ao cabo dela podre. Clara, para completar, queimou a mão no azeite que fritava a batata e deixou Kika louca de dor pela amada. Moreno e a futura bióloga tiveram de dar conta de mais de vinte mesas sozinhos e o povo estava com uma fome e uma sede de comer pedra e beber água do Dilúvio. A mãe de Rosa vivia dizendo que não havia crise. Os bares estavam sempre cheios e, paradoxalmente, com preços caros. O pessoal fazia as manifestações e bebia rios de cerveja.

A calçada do bar azul era um entrevero de mesas e as de outros bares também. No espaço mínimo que ficava para as pessoas transitarem, num *footing* intenso, passavam pedintes, vendedores de ouro de tolo, comerciantes de incenso, de anéis e pulseiras de prata, de bonecos de arame, viciados em crack pedindo cigarro. Tinha até um magro de óculos de sol à meia-noite que oferecia produtos de sua sex-shop ambulante carregados um uma maleta de metal.

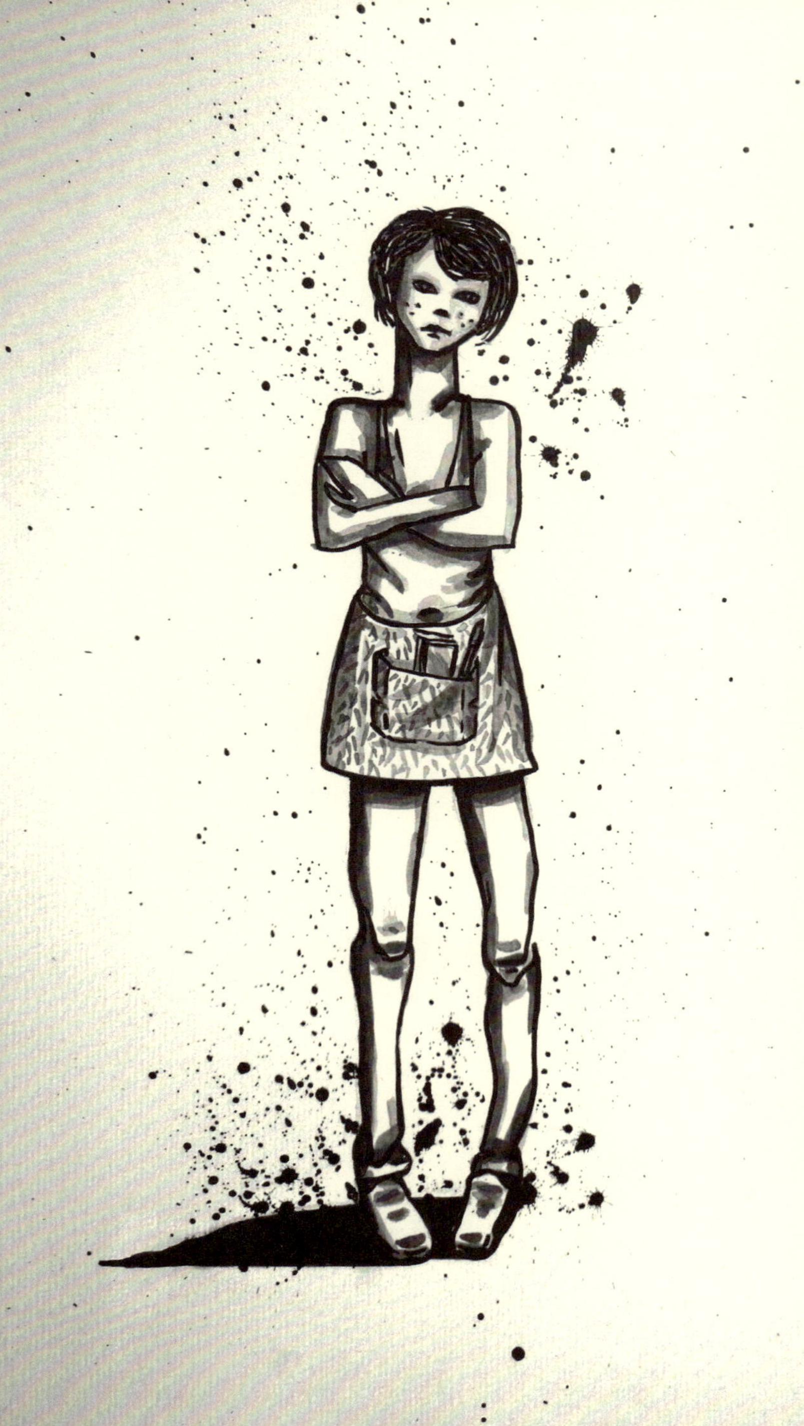

VERÃO
Capítulo V

A luz do sol queima os vãos da alma

O tempo quente no fim da primavera, e era o prenúncio do verão de 2014. As manifestações de rua continuavam. A Copa no Brasil, que aconteceria no inverno seguinte e que acabaria sendo um sucesso, era questionada. No final de 2013, ninguém imaginava que os ônibus de Porto Alegre parariam em janeiro e fevereiro, deixando toda a cidade caminhando debaixo de um sol de 40 graus. O Natal passou, o Réveillon foi pulado como as sete ondas da sorte e a Cidade Baixa entrou o ano com o Carnaval de rua.

República, João Alfredo, Sofia Veloso eram os picos da folia nos fins de semana escaldantes de janeiro, fevereiro e parte de março. Verão tumultuado ainda por manifestações, principalmente no Rio de Janeiro, lugar, como foi dito, palco da morte de um jornalista em fevereiro. Rosa sambava de modo volátil entre as garrafas debaixo de um mormaço que, às vezes, acabava em temporal.

Num dos dias que teve Carnaval na República, com direito a trio elétrico, um personagem reapareceu. O meia-idade do cinema. Tinha vindo passar férias. Bebeu uma caipirinha e lembrou para Rosa a Saldanha Marinho. A banda saía no Menino Deus e tinha Luiz Bastos, a Nega Lu, como atração. Democrática, circulava pelas ruas do bairro na década de 70 e 80 arrebanhando todo mundo com seu charme. Durou uns anos após este período, mas não emplacou o século 21. Nega Lu também costumava frequentar a esquina maldita da Oswaldo Aranha e o Copa 70, onde estudantes tinham a tradição de dividir um carreteiro no final de noite. Aparecia para dar seu show. Dançarina e homossexual, era respeitada por todos e muito querida.

– Hoje a Nega Lu está sambando no céu – concluiu o meia-idade para Rosa.

– Hoje a festa é aqui, e o babado é forte – comentou a moça, que neste instante foi cercada por um dançarino com uma cabeça de tucano, parte de fantasia de escola de samba do Rio. O bailador não deixava Rosa mover-se e ela, que antes tinha dado uma sambada com ele entre duas mesas, começou a temer a aproximação. O tucano deixou Rosa inquieta quando a pegou pelo braço e quis levá-la para o meio da rua.

    O meia-idade foi intervir quando o fantasiado agarrou a garçonete pela cintura, arrancou a máscara e tacou-lhe um beijo mordido. Rosa quis reagir, mas preocupou-se com o sangue que escorria da boca. Olhou para a mão, olhou para seu velho cliente e só teve tempo de ver Lúcio, sem a máscara, dar uma risada de escárnio e entrar na multidão para perdê-lo de vista.

    O cliente velho tentou ajudar Rosa, que sangrava bastante, manchando a blusa branca.

– Não consegui impedir o ataque deste desclassificado, me desculpa.

– Tudo bem, ele foi rápido, mas eu me vingo – prometeu a moça.

    Kika veio de dentro do prédio ver o que tinha acontecido. Kika e o resto do bar, que agora rodeava Rosa para saber detalhes. Depois do relatado pelo homem de meia-idade, a gerente disse que Rosa deveria registrar a agressão na polícia. A clientela curiosa apoiou. A garçonete chegou a conjecturar sobre a questão, mas logo em seguida abriu mão dos policiais, dizendo que iria vingar-se por conta própria.

    O cliente observava a conversa das duas mulheres sem emitir opinião, até que resolveu falar:

– Vingança não vai adiantar. Por que não registram queixa na Delegacia da Mulher? É o melhor. Sirvo de testemunha.

Rosa não acatou o conselho de Kika nem do homem, nem da turba. Não houve maneira. Na cabeça, só ocupava o desejo de vingança. Não sabia bem ao certo o que faria, mas que Lúcio sofreria como um porco no matadouro, isso sofreria. A pouca idade da jovem não permitia que ela percebesse que a vingança não é um prato frio para se comer, mas sim um manjar envenenado que pode acabar matando quem dele goza. A guerra de Rosa e Lúcio encerrava uma batalha em que o sangue correu de uma boca machucada por um beijo de vampiro. Qual seria o próximo capítulo deste combate?

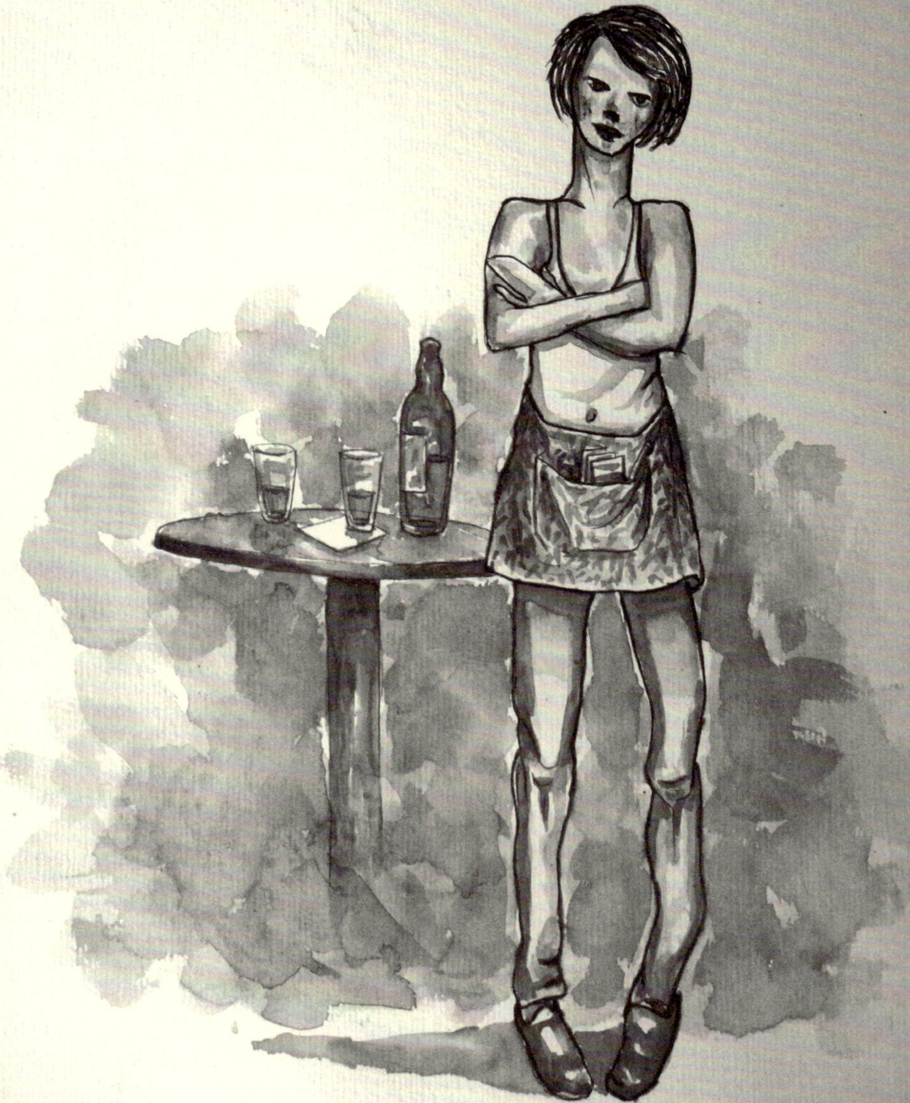

HISTÓRIAS
Capítulo VI

**Vejo o mármore das tuas mãos e
sinto o calor do teu corpo a me tocar**

O verão de 2014 terminou com grandes expectativas para o decorrer do ano. O Brasil sediaria a Copa do Mundo em junho e haveria eleições para a Presidência da República, governadores, deputados, senadores. A Copa foi uma festa e Porto Alegre ferveu recebendo jogos no Beira-Rio. Sucesso do evento no país inteiro, mas um fracasso: o jogo contra a Alemanha que o Brasil perderia de 7x1 e deixaria um trauma nos que respiram futebol.

Dilma Rousseff se reelegeria com mínima diferença para Aécio Neves para depois sofrer um processo de impeachment em 2016 que cassaria seu mandato. A Rua da República seguia movimentada e seus personagens tocando a vida devagar, como um barquinho que navega pela costa. Lúcio havia sumido das redondezas depois daquele beijo, mas seus amigos ainda davam sinal no bar azul. Kika, uma noite antes das eleições, investigou com um dos caras que moravam com o inimigo de Rosa o que ele estaria fazendo.

– Campanha política. Está forrando o poncho – respondeu o parceiro.

Kika logo lembrou de uma história que haviam contado para ela: Medo. João tinha medo de ratos. Um dia entrou num navio e foi fazer uma viagem transoceânica. Viajou no porão, pois não tinha dinheiro para pagar a passagem. Batatas, descascou batatas. No meio do Atlântico, numa noite fria, o barco bateu num petroleiro. João, no porão, viu sair dos esconderijos todos os ratos escondidos nas tocas invisíveis que os protegiam das artimanhas das ratoeiras. João, em pânico, ficou imóvel. Afundou com o navio.

Lúcio estava de vez indo a pique. Vendeu-se por meia dúzia de cobres. Rosa, ao saber da novidade, comentou com Kika: – Vai virar um burguês barrigudo. Nem preciso mais me preocupar com vinganças. Está cavando a própria cova.

Naquele mesmo dia, quando o bar recém-abria e era mínimo o movimento, chegou o cliente que gostava de contar histórias de épocas passadas.

Rosa já simpatizava com ele e sentou à mesa para conversar. – O que vais me contar hoje?

O homem respondeu contente: – Um conto sobre minha mãe, que hoje tem noventa anos e tem os exames de sangue melhores do que os meus.

– Então manda – ordenou a moça.

– Na casa de minha mãe Clara, em Cascata do Oeste, no centro do Estado, existia um cachorro de nome Sultão. O cachorrão era escuro, nem sei se capa preta. Naquela época os cães não tinham raça. Eram grandes e feios. Vira-latas ou pequenos. Às vezes simpáticos. Sultão comia bucho e vivia preso no pátio da casa, que ocupava uma quadra na rua principal da capital do arroz. O cão endiabrado tinha uma implicância tenaz com o monsenhor Carreras, o responsável pelas confissões e missas do lugar. Cada vez que o padre passava em frente ao portão e Sultão sentia o frisson esvoaçante da batina preta do homem era um latido de abocanhar o mundo sem fim. Pior era quando ele conseguia saltar a grade e corria atrás do monsenhor. Era um pandemônio. Minha mãe Clara saía com os panos quentes de sua adolescência para advogar a favor do cachorro. Sultão não era santo, mas não costumava implicar com fervor com os transeuntes que passavam em frente ao seu portão. Seus shows eram raros. Qual a liga dele com o monsenhor Carreras era um mistério. Clara perguntava-se se o pároco tinha feito alguma coisa para provocar o cão, se tinha implicado sorrateiramente com o animal. De que forma, quando e por quê? Se realmente tinha feito algo contra o bicho ou se Sultão tinha alguma ligação com o demo e não gostava de curas. O certo é que todos os dias quando o padre, depois da missa, passava em frente à casa de Clara para tomar as ruas da cidade e visitar os fiéis que precisavam de seu consolo e receber a confissão daqueles que não podiam locomover-se à igreja, ouvia-se o retumbar dos latidos e muitas vezes a correria. A volta era tranquila. Monsenhor Carreras voltava de carro de praça carregado de presentes que arrebanhava dos fiéis e de seus familiares em prol das visitas. Não era raro ele retornar segurando uma galinha e até um porco rendeu numa visita a uma família pomerana, que foi carneado no açougue em troca de uma bênção. Num Natal gordo, uma família lhe presenteou um peru, que a freira Nair assou e enfeitou para o pessoal que trabalhava e vivia na casa paroquial. Os fios de ovos que ela mesma fez para contornar o prato ainda dão água na boca de seu José, o faz-tudo da Matriz, responsável por, entre outras coisas, badalar o sino. Tudo ia tranquilo em Cascata do Oeste. As jovens não debutavam, mas tinham festas de 15 anos com vestidos feitos em duas ou três costureiras especializadas. A grande atração dos fins de semana e das quintas à noite era o cinema. *Casablanca*, *E o Vento Levou*, *Rebecca* eram apenas alguns dos títulos a que Clara e as amigas assistiam com fervor beatífico quantas vezes fosse possível. As noites eram reservadas para o *footing,* onde as moças desfilavam em frente aos rapazes na avenida principal da cidade numa quadra onde um café concentrava todo o movimento. Quase ninguém tinha carro nem telefone e para chegar lá, vindo da capital Porto Alegre, eram muitas horas de viagem de trem com baldeação em Santa Maria e muitas paradas por diversos lugarejos. Pois a vida ia calma. Clara vivia com três tios solteiros: Délia, Maria e Guilherme. Uma tarde a tia Délia adoeceu de repente num caminho sem volta. E, já de noite, foi Clara na vizinha igreja chamar o monsenhor. O coração da tia, aos 46 anos, engripou e não havia jeito de que Délia saísse da cama novamente para o quintal que ocupava a quadra inteira da Rua Sete de Setembro. O monsenhor chegou espavorido por ter sido chamado às pressas, mas em paz, vendo Sultão preso a uma corrente. Só que o cão estava enlouquecido. Latia, gania e babava desde o momento em que avistou a batina do padre. Carreras deu a extrema-unção à tia de Clara debaixo de trovões e rezando para que a corrente que prendia o cachorro não arrebentasse. Délia partiu à meia-noite e Sultão fez um minuto de silêncio sem ninguém mandar. Depois voltou a latir e só parou quando o cura entrou na igreja e José badalou o sino anunciando a morte da tia. Clara enterrou sua parenta com um choro miúdo. Sem a tia Délia, não havia mais ninguém para cuidar do pomar que a casa escondia no pátio. Romãs, pêssegos, marmelos, laranjas, bergamotas, que naquela época não eram pokans nem se chamavam tangerinas. Pitanga, ameixa, uva, tudo isso tinha por lá. Ah, e goiabas que davam em março e enchiam tachos de cobre com açúcar para virar goiabada cascão. A outra tia que cuidava de Clara, Maria, trabalhava como professora e, junto com o tio solteirão, Guilherme, contador do município, sustentavam a casa. Com a morte de Délia, o pátio ficou com Sultão e um vazio imenso. A tia sobrevivente convocou Clara a assumir o pomar. A moça aceitou a tarefa sem retrucar. Deixaria de lado as aulas de piano de que tanto gostava e tomaria como missão encher o pomar da memória de Délia e alegria. Só que surgiu um problema: Clara não tinha o dedo verde. Revirava a terra, cortava galhos, plantava sementes, mas o pátio começou a murchar. A rapariga tinha mão era para o piano e Maria e Guilherme reuniram-se para decidir o que fazer com as frutas, que secavam e murchavam sem razão lógica. – Vamos contratar o Palhares, jardineiro do doutor Péricles. A sentença foi de Guilherme. Palhares tinha uma bicicleta que chamava de Margarida. Andava pela cidade e conversava com o veículo, que tinha na traseira um caixote carregado com tesoura, ancinho e pá.

– Margarida, dobra à esquerda. Agora à direita. Segue em frente. Margarida, vamos ao mercado. Margarida, tu és mágica. Só tu me entendes. Eu, o super-herói.

O jardineiro parecia louco, mas era inquieto e imaginativo. De louco não tinha nada, era um avião e vivia muito bem sozinho, numa casinha perto do cemitério, lá para os altos da cidade. Tinha, claro, suas idiossincrasias. Jurava que era um super-herói. Entre as histórias que contava na praça onde se reuniam os prestadores de serviço nos sábados à tarde, estava a de uma senhora que ele salvou de um incêndio. Clara foi salva pelo criativo Palhares com seu dedo mágico cheio de histórias. Continuou com suas lições de piano, formou-se professora e foi para a Capital, onde se casou e teve dois filhos. Ambos, com diferença grande de idade, cresceram num apartamento minúsculo, sem lugar para cachorros.

Rosa escutou toda a história sem interromper o homem. Depois perguntou: – O cachorro era o diabo ou o cura? E ele respondeu: – Quem sabe os dois...
– Gostei. Tem outra para contar? Ainda temos tempo. O movimento ainda não começou.
– Tenho uma história de amor. Esta eu inventei. Não é baseada em ninguém. É como eu gostaria de ver as coisas acontecerem e chama-se *Castelos de Areia*.

A lua quando está cheia
Está grávida do sol

A lua quando está grávida
Está cheia do sol

Ele fazia torres no estilo Gaudí à beira-mar. A areia molhada vinha de um poço enchido pela água do mar com suas ondas num ritmo constante. Ela observava seus movimentos com um olhar carinhoso. A mão cheia de uma argamassa barrenta que logo era despejada num montículo, uma ação em moto-contínuo. Ela mirava seu esforço em construir o fugaz, algo que em breve seria arruinado pela maré com o avançar do dia. Um castelo de areia com tempo marcado, assim como o pó no vento, que se perde numa rapidez desmesurada. Dizem que só as crianças têm o despojamento necessário para lidar com este fatídico brinquedo, pois não têm a consciência do tempo. Há quem diga que também os artistas, por outro viés, conseguem ter a força necessária para encarar o fugaz. Batem de frente com o fim e, por isso, buscam registrar no tempo sua marca, sua eternidade, através de suas obras. Tenho para mim que outra categoria humana consegue fazer castelos de areia à beira-mar: aqueles que têm paciência. Por exemplo, o casal do início do texto. Os dois conheceram-se num baile infantil na sociedade de amigos de uma praia qualquer do litoral gaúcho. Um balneário sem acidentes geográficos, com aparência desértica, cheio de dunas, com água marrom e útil para quem deseja fugir do calor infernal da capital nos verões. Ele estava fantasiado de pirata e ela de índia. Muito confete, serpentina, os integrantes dos blocos divertindo-se no salão, a banda tocando marchinhas eternizadas pelo gosto popular. Do alto de seus dez anos, arriscaram um amor à primeira vista. Brincaram juntos naquele Carnaval e assim seguiram na beira da praia, depois na cidade, no colégio, nos quinze anos, na entrada para a faculdade (ele, Direito; ela, Enfermagem), lutaram na II Grande Guerra, sobreviveram, por fim, casaram. Tudo depois de um namoro sem grandes brigas. Ele nunca reclamava dos atrasos dela quando os dois tinham algum programa para ir. Ela procurava jamais deixá-lo constrangido nalguma situação estranha ou criticá-lo de forma veemente. Quando perguntavam o segredo de tanta afinidade ou de tanta tranquilidade para esperar tanto tempo para o casamento, desconversavam. – Só contaremos nos nossos oitenta anos – diziam, com a certeza de que os dois alcançariam essa idade.

Assim como o namoro, o casamento correu tranquilo. Ele com a banca de advocacia; ela deixando de trabalhar para criar as crianças até ficarem grandes. Tiveram três filhos. Os três rebentos casaram-se, mas acabaram se separando quando alguns anos de convívio começaram a pesar sobre seus ombros. Falta de educação? De conselhos? Ouvidos moucos os três tiveram. Ele e ela deram o diagnóstico assim que souberam da notícia de cada rebento: estavam escutando apenas a balbúrdia do mundo moderno, rápido, veloz, atroz, sem piedade com quem quer ter o passo mais lento. Agora, neste momento, passados tantos anos daquele baile de Carnaval, os dois estão com oitenta anos e, na beira da praia, comemoram os setenta de suas folias em conjunto. A festa reunindo a família será à noite, e enquanto não chega a hora, ficam brincando na areia. O segredo do sucesso da relação dos dois será revelado: é preciso ter paciência com o outro, com o desejo do outro. Só assim é possível certo despojamento em relação ao limite, só assim é possível criar torres de Gaudí em frente ao mar.

Rosa ficou parada escutando e não sabia o que dizer. Pensou, pensou por uns dois minutos e tascou:
– De onde tu tiraste esta história de amor? Eu gosto de histórias de amor.
– Do meu desejo. É de onde vêm as palavras. E agora me despeço com um poema que fiz para te dizer adeus. Volto para Portugal amanhã e acho que não nos vemos mais.
– Adeus não, cara. Um longo até breve. Talvez a gente ainda se encontre por aí e eu estarei pronta para escutar tuas histórias.
– Quem sabe...

PORTO

O navio parte
Sem medo do incêndio do sol no mar

Quem fica,
aporta um aceno

Quem parte,
navega um olhar

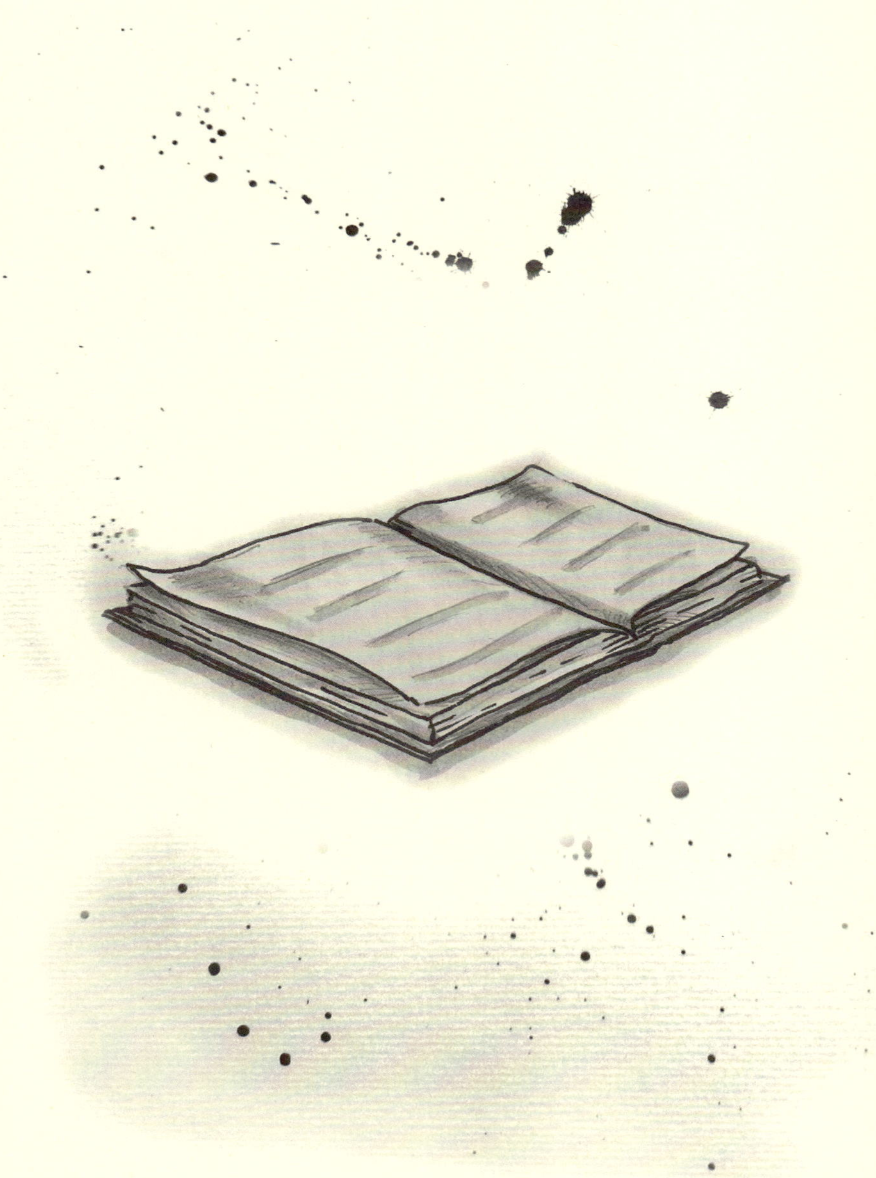

DESPEDIDA
Capítulo VII

Letras são a matemática do espírito

O homem se foi. Nunca mais apareceu no bar. Foi-se com as histórias encantadas. Rosa seguiu seu destino de garçonete e o bar da República ficou um pouco sem graça. Tudo para ela estava um pouco cinza. Os namoros, a faculdade, a política, a vida. O que a moça não sabia é que estava ficando velha para aquele lugar. Ou aquele lugar já era velho.

Bebidas, drogas, gays, sapatões, mendigos, boemia já não lhe serviam mais. Só não sabia que rumo tomar. Perdida entre bandejas, mesas e garrafas de cerveja, Rosa olhava o futuro sem saber o que desejar. Parecia não haver saída para sua juventude, que escorria como água entre os dedos.

Um dia de folga. Depois de tomar um café com Kika numa das cafeterias da rua, que enchiam nas tardes ensolaradas de outono, despediu-se da amiga e saiu a caminhar pela Lima e Silva.

Passou em frente ao shopping Olaria e resolveu entrar para ver as modas numa das lojinhas do lugar. Nada lhe agradou. Quando estava saindo do lugar, parou em frente à Livraria Bamboletras e começou a ler os cartazes com propagandas de cursos e shows. Nada lhe agradou.

Resolveu entrar no espaço minúsculo que mais parecia um útero quente recheado de livros multicoloridos. Uma moça de cabelos fartos e negros veio ao seu auxílio, perguntando se poderia lhe ajudar.

– Não sei o que quero. Não entendo de livros.

– Gostas de boas histórias? – perguntou Lu Vilella, a dona da livraria, que tinha ido ao seu auxílio.

– Quem não gosta? – riu Rosa.

– Então deixa eu te indicar este aqui. É sobre o presente, o futuro e o passado.

Rosa pegou nas mãos e livro, abriu-o, olhou-o e foi direto para ver quem era o autor. Para sua surpresa, a foto de José Gonçalves de Carvalho era a do homem que sentava na mesa do bar à tardinha para conversar com ela e tinha migrado para Portugal.

    Sem dizer nada à Lu sobre sua familiaridade com o escritor, falou que ia levar o volume. O título do livro era *O Mapa da República*.

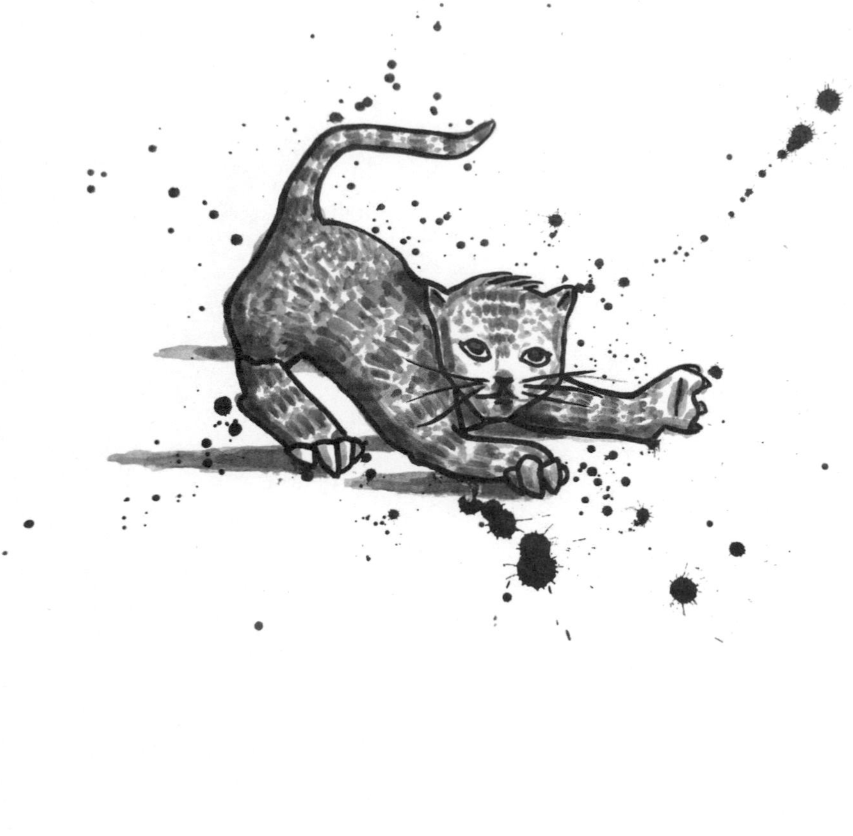

PALAVRAS PARTIDAS
Capítulo VIII

O inferno é o mundo aqui e agora

O espelho das palavras partidas caiu no colo de Rosa como um tufão. Leu o livro sem fôlego e viu sua vida ali. O caleidoscópio da Cidade Baixa fora retratado pelo cliente escritor e a garçonete era a personagem principal. Teve a noção de que sua vida era vazia pelas letras do homem velho. O que a salvaria de sua ínfima existência, perguntou-se?

Livros também morrem, mas enquanto batem seus corações de tinta e papel podem salvar vidas. Rosa estava tatuada em preto e branco nas páginas do texto escrito. Ganhava uma sobrevida que nunca havia pensado. Não se sabe se a garota tinha consciência. Se tinha a ideia de que estava eternizada em mineral papel pelo menos por mais tempo que sua vã existência.

O que ela sabia é que precisaria ser salva de si mesma. De que a garota de carne e osso precisava de uma saída. Fugir daquele mundo de drogas e garrafas e batatas fritas e fofocas. E então pensou: o velho me salvou com sua literatura amarga. O fel que sentia na boca era como o daquele beijo mordido que Lúcio lhe havia roubado e que estava nas páginas secas do livro.

E aí teve uma epifania.

O doce está nas entrelinhas do amargo, é preciso distinguir um do outro, abrir espaço e preservar o açúcar da vida

FIM

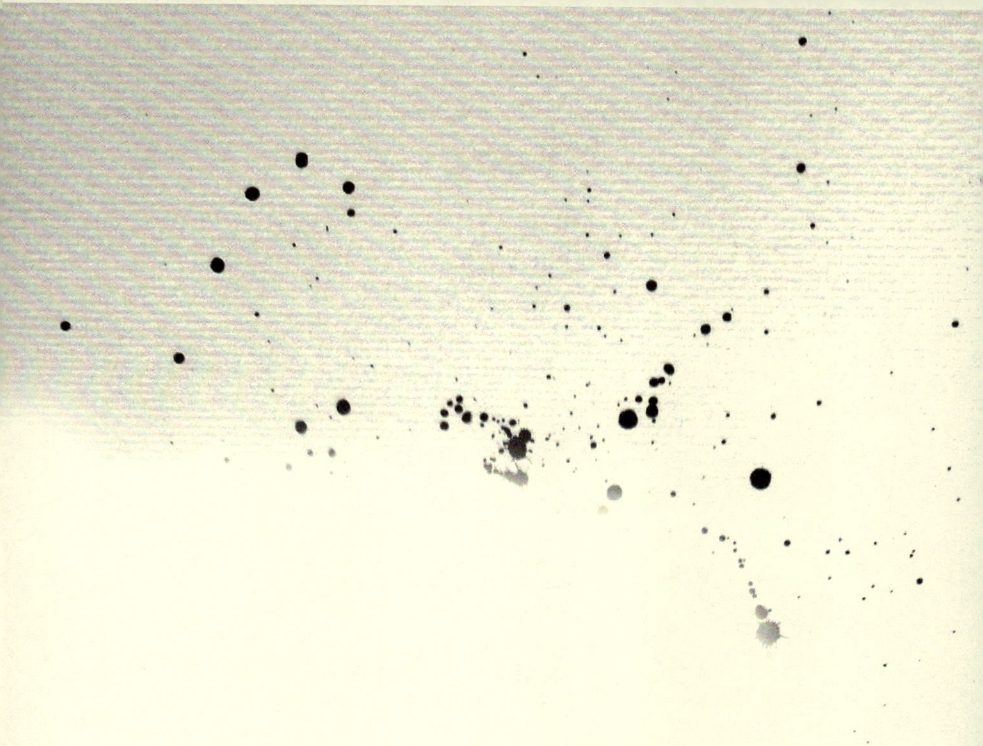

Leia também de Susana Vernieri,
editados pela Libretos

Memorabilia
poemas
Libretos, 2005

Grades do Céu
contos
Libretos, 2009
Prêmio Açorianos SMC/PMPA
Categoria Contos 2009

Rosa, a gata limpeza
infantil
Libretos, 2016

O MAPA DA REPÚBLICA

Livro editado pela Libretos, editorado em Greymantle e ITC Officina Serif, impresso sobre papel Polen 80 grms, pela gráfica Pallotti de Santa Maria, em abril de 2019.